クウのひとりごと

文／ひがし　やすこ
絵／あおやま　くにひこ

文芸社

●目次●

出会《であ》い

あぁ、お腹《なか》すいたなあ。
おや、あの　空《あ》き地《ち》に　家《いえ》が　たちはじめた。
いったい　何《なに》が　できるのかな？
どうでも　いいけど……。
お腹　すいた。
いつもの　ところで　何か　食《た》べてこようっと。
あれれ、ここにも　見《み》たことの　ない　人《ひと》が　いったり　きたり、何してんだろう？
早《はや》く　向《む》こうに　行ってくれないかなあ……。

すると、

「あっ、可愛《かわい》い　ワンちゃん、お前《まえ》　どこから　きたの？　どこに　住《す》んでるの？　名前《なまえ》は？」

「そんなに　いっぺんに　聞《き》かれても、ぼくにだって　どこから　きて、どうして　ここに　いるのか、名前など　あるのか　無《な》いのか　わからないんだもん。

気《き》が　ついたら　ここに　いたんだよ」

いっしょうけんめい　しっぽを　ふって　応《こた》えると、おばさんが　にこにこしながら　近《ちか》づいて　手《て》を　出《だ》してきたので、ぼくは　そのぶん、後《あと》ずさりした。

「あらあら、この　ワンちゃん　人間《にんげん》に　なれてないみたい、でも　可愛い……。

あんなに　しっぽ　ふって　愛《あい》きょう　ふりまいてる」

なぁんて　言《い》いながら　また、手《て》を　出《だ》して　近《ちか》づいてくる。

「あー、びっくりした」

思《おも》わず　ぼくは、二《に》、三《さん》メートルも　向《む》こうに　すっ飛《と》んでしまった。

「どうしたの？　じゃー、ちょっと　待《ま》ってて」

おばさんが　居《い》た場所《ばしょ》は、二十《にじゅう》メートルばかりの、なだらかな　山《やま》の　がけっぷちに　なっていて、向《む》こう側《がわ》は　高《たか》い　山に　なっている。
その　山間《やまあい》の　小川《おがわ》には　清水《しみず》が　たえ間《ま》なく　ちょろちょろと　音《おと》を　立《た》てて　流《なが》れている。
その　がけの、ぎりぎり　端《はし》の　ほうに、近くで　食堂《しょくどう》を　経営してる　おじさんが、ざんぱんや　ゴミを　焼《や》くために、ドラム缶《かん》が　置《お》いてある。
ドラム缶は、よこの　下《した》の　ほうに、たてよこ四十《よんじゅう》センチ位《くらい》の　窓《まど》が　開《あ》けられていて、まんなかに　鉄線《てっせん》で　仕切《しきり》が　してある。だから、風通《かぜとお》しが　いいので、たとえ　生《なま》ゴミでも　よく　もえる。
下《した》の　段《だん》には、もえかすや　灰《はい》が　たまるので、おじさんは　先《さき》の　平《ひら》たくなった〝くわ〟を　持《も》ってきて、ときどき、外《そと》に　かき出しては　山の　中《なか》に　捨《す》てている。
上《うえ》の　段《だん》では、いつも　ざんぱんや　ゴミを　もやしているから　ぼくは　すきまを　くぐり抜《ぬ》けて、食べられそうな　物《もの》を　見《み》つけては、何とか　飢《う》えをしのいではいるけれど……。

ずーっと　ひとりぼっちで　さびしかった。

恐《こわ》いことも　いっぱい　あったなー。

昨日《きのう》も、ドラム缶の　中で　何か　ないかなって、探《さが》していたら　食堂の　おじさんに、

「こらー」

って、どなられた。

一度《いちど》は　びっくりして　逃《に》げ出したけれど、また、こっそり　戻《もど》ってきて、おじさんが　そばに　きたのも　知《し》らずに　夢中《むちゅう》になって、中を　かき回《まわ》していた。

すると、大《おお》きな　手で　いきなり　右足《みぎあし》を　つかまれて　外に　ひきずり出されて、

「あっちへ　いけー」

と　どなりながら、思いっきり　お腹を　けり上《あ》げられた。

あのときばかりは　死ぬかと　思ったなー。

ぼくは　悲鳴《ひめい》を　上げて　逃《に》げまわった。
それでも、おじさんは　鬼《おに》のような　顔《かお》で　にらみつけ、棒《ぼう》を　ふり上げて　追《お》いかけてきた。
どんなに　いじめられても、ぼくは　ここを　はなれては　生《い》きてゆけない。
こうなれば　おじさんと、こんくらべだ。
こんなとき　お母《かあ》さんが　いてくれたら、きっと、
「だいじょうぶ？　痛《いた》かったねー」
って　抱《だ》いてくれるんだろうなあ。
お母さんのことを　思うと、やっぱり　涙《なみだ》が　出《で》てしまう。
お母さん、どこにいるの？
ぼくは　どうして　ひとりぼっちなの？
どうやって　生《い》きてゆけば　いいの？
ここへ　きて、かれこれ　一ケ月《いっかげつ》になるけど　何度《なんど》も　追いかけられたり、なぐられたりした。

水《みず》まきの　ホースの　口《くち》を　いきなり　こっちに　向けて、「このやろう」とぶっかけるものだから、ぼくの　体《からだ》は　たちまち　水びたし。あわ食《く》って　水のとどかない　ところまで　必死《ひっし》で　逃げたんだよ。

そこで　ぶるるんと　体を　ふるわせて、ぬれた　毛《け》の　手入《てい》れを　するんだ。

それからは、おじさんが　ホースを　持ちだすたびに、すたこらさっさと　逃げることにしている。

食堂の　おじさんは、ぼくのことが、きらいなんだ。だから　何とかして、ここから　追い出そうと　しているのは　わかっている。

いろんな　ことを、思い出したりしていると、さっきの　おばさんが、ほっかほっかの　パンを　持って　戻ってきた。

ぼくの　お腹は　もう、くーくー　鳴《な》っている。

「さあ、お食べ、はちみつと　バターを　たっぷり　つけておいたからね。こんなに　やせちゃって……つらかったでしょう？　いっぱい　食べて　早《はや》く　元《げん》

気《き》を　とり戻《もど》してね……今《いま》は　こんなものしか　ないけど、明日《あした》から　ちゃんとした　食事《しょくじ》を　お前にも　用意《ようい》してあげるからね」

ぼくは　むしゃぶりついた。こんな　おいしい　ものを　食べたのは　初《はじ》めてだった。

すると、おばさんが　にこにこしながら　水を　持って　また、戻ってきた。

ちょっと　はなれた　ところに、水を　置いて　こっちを　見ながら、

「おいで、おいで」と　手まねきしている。

ぼくは、なぜか　安心感《あんしんかん》と　満腹《まんぷく》で　体中《からだじゅう》が　ほてってきた。うれしくなっておばさんの　いるほうに　向かって、ゆっくり　歩いていった。

パンを　食べて　水も　飲《の》みたかったし……。

名前は「ムク」

おばさんとの　新《あたら》しい　生活《せいかつ》が　始まった。おばさんの　家のとなりが　仕事《しごと》場《ば》（お店《みせ》）になっている。

ぼくの　名前は、『ムク』に　決まった。おばさんが、

「お前の　毛は　ふかふか、ムクムクしているから　名前は『ムク』に　しようかねー。お前　どう思う？　この子ったら……」

笑《わら》いながら、ぼくの　顔《かお》を　二本《にほん》の　指《ゆび》で　つついたり　引《ひ》っ張《ぱ》ったり　している。

もう　うれしくて、ムク　ムク　ムク、と、おばさんの　まわりを　とびはねながら、何度も　何度も　自分《じぶん》で　呼《よ》んでみる。

すっかり　元気に　なった　ぼくは　家の　中の　ようすが　知りたくて、足《あし》音《おと》を　しのばせて　裏《うら》からまわり、窓の　下へ　行ってみた。するとおばさんが、「テツー」　なんて　呼《よ》んでいるので、だれが　いるのかと　のぞいてみたら、しば犬《いぬ》が　家の　中で　走《はし》りまわっていた。

「うわー、あんな　きれいなところで　くらせるなんて！　いいなあ」
ぼんやり　考《かんが》え込《こ》んでしまった。それに　気づいた　しば犬が　とび出してきて、
「だれよ、あなたは。きたないわねえ」
「テツ！　いいのよ」
遠《とお》くに　おばさんの　声《こえ》を　聞《き》きながら、くわばら、くわばら、ぼくは一目散《いちもくさん》に　逃げ出した。
冬《ふゆ》の　日は　落《お》ちるのも　早い。もう　とっぷりと　暮《く》れてきた。
さっき、おばさんから　もらった　おいしい　お弁当《べんとう》を　食べたので、あとは暖《あたた》かい　ねどこを　みつけるだけ……。
店の　人は　みんな　時間《じかん》に　なると　自分の　家に　帰《かえ》ってしまうから、ひとりぼっちの　夜《よる》を　すごさなければならない。
そうだ、ここには　夜は　誰《だれ》も　いない。朝《あさ》まで　ぼくが　守《まも》ってあげよう。
そんな　ある夜《よ》の　ことだった。

静《しず》まりかえった　闇《やみ》に、裏山《うらやま》の　木々《きぎ》だけが、ざーざーと　ぶきみな　音を立て　風《かぜ》に　鳴《な》っていた。

軒下《のきした》に　いた　ぼくは、それとは　違《ちが》う　別《べつ》の　音を　聞いた。人の　話し声と　二《に》、三人《さんにん》の足音《あしおと》だった。

今《いま》ごろ　何だろう？　そっと　起《お》き上がり、

「誰だ、ここには　おれ様《さま》が　いるんだぞ」

と、思いっきり　吠《ほ》えた。

「なんや、犬が　おるぞ。気をつけろ」

逃げていく　三人の　姿《すがた》を　見つけたので、ちょっと　こわかったけれど、勇《ゆう》気《き》を　出して　追いかけると、向こうから　びゅうんと、うなりを　あげて　なにかが　とんできた。

同時《どうじ》に、右足の　太《ふと》ももの　あたりに　火《ひ》が　ついたような　痛みが　走った。

たぶん、血《ち》が　ふき出したのだろう。生暖《なま》かい　ものを　感《かん》じた。大急《おおいそ》ぎで　ねどこに　戻り、いっしょうけんめい　傷口《きずぐち》を　なめて、手当《てあて》した。

そこは、五センチ程《ほど》の　皮膚《ひふ》と　毛が　めくれて　血が　ふき出していた。どうやら　さっきの　悪《わる》い　人たちが、ぼくに　腹《はら》を立てて　小石《こいし》を　投《な》げて　遠《とお》ざけようと　したんだ。

以前、これに　似《に》たような　痛みを、あの　ドラム缶の　中で　体験《たいけん》した　おぼえが　ある。

あまりの　空腹《くうふく》に、火が　ついているのも　かまわず、匂《にお》いに　つられて　飛びこんでしまった。

そのとき、大やけどをして　泣いたことを、もう　忘《わす》れかけていた。

それでも、おばさんの　役《やく》に　立てたと　思うだけで　何だか　わくわくしてきた。

けれど　痛くて　眠《ねむ》れそうにない。

待《ま》ちに待った　朝が　きて、おばさんが、

「まあ、ひどい　傷……どうしたの？」

急いで　消毒液《しょうどくえき》を　持って　戻ってきた。
「ちょっと　痛いけど、ムクは　強《つよ》いから」
両手《りょうて》で　ぼくの　顔を　はさんで、じーっと　見つめながら、
「早く　治《なお》そうね……お前の　おかげで　被害《ひがい》に　あわずに　助《たす》かったのよ、ありがとう。鍵《かぎ》が　こわされていたから、危《あぶ》ないところだったわ。ここにはねえ、大事《だいじ》な　商品《しょうひん》が　いっぱい　置《お》いてあるのよ。ムクは、泥棒《どろぼう》を　追《お》い払《はら》ってくれたのねぇ」

ぼくは、この日を　さかいに、家族《かぞく》の　一員《いちいん》となって、夜は　家の　玄関《げんかん》や、ガレージで　見はり役《やく》を　務《つと》めることになった。
おばさんの　ご主人が　ぼくの　犬小屋《いぬごや》を　作ってくれていたのが、四《し》、五日《ごにち》して　きれいに　仕上《しあ》がった。

「テッちゃん」

この 家には、テッちゃんという 可愛くて きれいな 女の子《おんなのこ》の しば犬が、座敷《ざしき》で、まるで、お姫様《ひめさま》のように いばっている。
ぼくが、ちょっと 玄関から 中を のぞいただけでも とんできて、「だめよ、あなたなんか 外で しっかり 仕事《しごと》してなさい」と、金切り声《かなきりごえ》でまくしたててくる。
びっくりして、あわてて 逃げ出した。
テッちゃんに 叱《しか》られても 叱《しか》られても、やっぱり 中のことが 知りたいし、見たくて たまらない。
そして テッちゃんとも 仲良《なかよ》しに なりたい。どうすれば いいのだろう?
テッちゃんは 家の中、ぼくは 外の子。きれいな 夕日《ゆうひ》を あびながら、その違《ち》いを しょんぼり 考《かんが》えこんでいると、テッちゃんが 飛び出してきた。
散歩《さんぽ》の 時間《じかん》だ。

ぼくの　ほうを　向いて、

「フン」

と、えらそうにして　お尻《しり》を　くりくり　ふりながら、ぼくの　前を　ずんずん　走って行く。その　後ろを　ぼくが　えんりょしながら、とぼとぼ　ついて行くのが　毎日《まいにち》の　散歩の　パターンになった。

「ムク！　きょうはねえ　思いっきり、山の　中を　走ってくると　いいわ。テッちゃんと　きょうそうでね。ムクは　何だか　山には　強そうに見えるけど……」

おばさんに　言われてみると、山で　育《そだ》ったのだから　どんな　石ころ道《みち》も、いばらの　道も　ぼくにとっては　何でもないのである。

「よーし、走るぞー」

ぼくは　とっても　うれしかった。そして　走った、走った。おばさんや　テッちゃんを　残《のこ》して　夢中で　走った。

あちらからも、こちらからも、ウグイスや　かわいい　小鳥《ことり》たちの　鳴き声が聞こえてくる。

何かが　なつかしくて　すこぶる　気持《きも》ちよく　走れる。

それに、うっそうと　生《お》い茂《しげ》った　緑《みどり》の　下は、ずっと　前《まえ》に　別《わか》れた　お母さんの　匂いがした。立《た》ち止《ど》まって　もう一度　それを　かいでみた。

〝お母さんだ〟

この　山の　どこかに　お母さんがいる。

「お母さん、どこに　いるの？」

悲《かな》しそうに　泣《な》き続ける　ぼくの　姿に、ずーっと　後《あと》から　追っかけてきたテッちゃんと　おばさんが、ふしぎそうに　見つめている。

「ぼくの　お母さんが、この　山の　どこかに　いるような　気がするんです」

「あっ　そうだ。ムクは　この　山の　中で　生まれたのね。お母さんと、はぐれて　迷子《まいご》に　なったのも、この　あたりかも　知れない。お母さん、気がついて　くれると　いいのにねえ。たぶん、ムク　そっくりの　かっこいい　お母さんだと　思う」

「ぼく　そっくり？」
ぼくは、少しずつでは　あるけれど、お母さんのことを　思い出していた。
首輪《くびわ》を　つけたまま、捨てられていた　小犬《こいぬ》が　大きく　なって、首が　しめつけられ　息《いき》も　絶《た》え絶《だ》えに　なっていたのを、お母さんが　首輪を　かみきって　助けてくれた　ときのことが、おぼろげに　頭に　浮《う》かんできた。
ひどいことを　する　人間が　いるもんだ。
首輪を　つけたままの　小犬が、大きく　なれば　どうなるか。捨てる　前にしっかり　考えてほしい。ぼくは　このとき、やさしくて　強い　お母さんを想像《そうぞう》していた。

民家《みんか》から　少し　はなれた　この　山の　中には、捨てられた　犬たちが　かたまりとなって、助け合いながら　ひっそりと　生きている。
お天気《てんき》の　良い　日は、大きな　犬が　先《さき》に　立《た》ち、列《れつ》の　最後《さいご》は　その　中の　いちばん　小さいのが、ちょこちょこと　石ころに　つまずいて　転《ころ》びそう

に　なりながらも、けんめいに、ついて　歩いている。
先頭《せんとう》に　立つ　大きな　犬は、後ろを　ふり返《かえ》っては　小犬が　ついてきてるかどうかを　見届《みとど》ける。
小さい　子が　ずーっと　後《あと》に　おくれると、引《ひ》き返《かえ》して　その　小犬を　迎《むか》えに　行く。ほかの　ワンちゃんたちも、その　後ろに　続くと　きれいな　ひとつの　輪ができる。
そして、おくれた　小犬の　頭を　そっと　なめてやり、また　もと通《どお》りの　一列《いちれつ》となって　歩きはじめる。
ムクの　おばさんも、向こうの　山の　中腹《ちゅうふく》で　くりかえされる、この　涙ぐましい　強い　野犬《やけん》の　つながりの　ことを　見て　よく　知っている。
だから、この　ワンちゃんたちにも　劣《おと》る、無神経《むしんけい》な　人間たちに　いかりさえ、感《かん》じているのである。
「テッちゃんだって、お母さんのこと　知らないのよ」
「えっ？」

「赤ちゃんの　とき、道ばたで　泣いているのを　見つけて、抱いて　帰ったの。だけど、外には　置いとけないから、家の　中で　育てたのよ。だから　友《とも》達《だち》が　いないの。これからは、ムクと　いっしょに　遊べるように　するから　仲良《なかよ》くしてね」

「そりゃもう……」

願《ねが》いどおりに　なって　大喜《よろこ》び。

おばさんの　言葉《ことば》を　聞いていて　少しだけど、テッちゃんに　近づけたような　気がして　うれしかった。けれど　テッちゃんは　あいかわらず　横《よこ》を　向いて　不《ふ》きげんな　顔を　していた。

「いやよ、こんな　きたない子」

つんつんしているのを　見て、またまた　ぼくは　しょげこんでしまった。

「やっぱりなあ、そうだろうね……」

おばさんは、ぼくに　同情《どうじょう》して、

「テッちゃんはねえ、家の　中ばかりに　いるから　本当の　遊び方を　知らないのよ」

「ぼくだって　ずーっと　ひとりぼっちだった。だから　これから　友達にな
ってください」

「本当は、私も　友達が　ほしかったのよ」

テツとムクは、やっと　向かいあって　話すことができた。

「帰ったら　お風呂《ふろ》に　入れてあげるから、ムクも　きれいになろうね」

ぼくは　お風呂が　大好きだ。

石けんの　香《かお》りが　いつまでも　ぼくを　包《つつ》んでくれる。

そして、少しずつでも　きれいになったら　テッちゃんが、ぼくのことを　好
きになってくれるかなぁ？

お母さん

おばさんは　この頃《ごろ》、忙《いそが》しそうで　ぼくを　見ても、あんまり　声を　かけてくれなくなった。

「ムク、今日は　いっしょに　お店《みせ》へ　いこうね」と、さそってくれるのがうれしくて、

「お母さん、お母さん」

なぁんて　何度も　呼んでみる。ぼくを　産《う》んでくれた　お母さんも、きっとこんなふうに　優《やさ》しかったんだろうな……。

お母さんの　温《ぬく》もりも、家族の　助《たす》け合《あ》いも　知らずに、たったひとりで、こがらしの　吹《ふ》きつける　山中《さんちゅう》を、ひたすら　お母さんを　たずねて　さまよい歩き続けた　あの　日のことが、浮かんでは　消《き》え、消えては　浮かんでくる。

ドラム缶の　中の　匂いを　かぎつけて　自分から　あの場所にまで　歩いてきたのであろうか……。

ぼくには　どうしても　その　前後《ぜんご》のことが　思い出せない。けれど、おばさんの　おかげで　こんなにも　温《あたた》かい　家庭《かてい》を　知ることができた。

いつものように　日だまりを　見つけて、ウトウト　眠っていたときだった。裏山の　小路《こうじ》から　ぼくそっくりの　大きな　犬が、きれいな　しっぽを　ぴーんと　のばして、

「ムク、ムク」

と、呼んでいる。

「あっ、お母さんだ。ぼくの　お母さん」

力の　限り　お母さんの　ほうへ　かけていった。

でも、どうしたことか　走っても　走っても、お母さんの　そばには　いけなかった。

そのうち　お母さんの　姿は　もう　どこにも　見あたらなくなってしまった。

「お母さーん、ぼくは　ここに　いるんだよ」

泣きながら　声を　限《かぎ》りに　呼んだ。

お昼寝《ひるね》しながら　しゅくしゅく　泣いている　ぼくを　見つけた　おばさんは、

「ムク？　どうしたの？　散歩に行こう」

「あれっ、なんだ、夢だったんだ」

ぼくの　頭の　中には、まだ　夢で　出会った　りりしい　お母さんの　姿が　残《のこ》っていた。

「どうしたの？」

おばさんは、体を　ひくくして、ゆっくり　頬《ほお》ずりを　してくれた。

その時、ずきーんと　胸《むね》から　しっぽの　先まで　うれしさが　こみあげてきた。

ぼくには　こんなに　いい　お母さんが　いたんだ。

MUKU

ぼくの　庭にも、何度か　春《はる》が　来て　色とりどりの　花《はな》を咲《さ》かせると、ミツバチさんが　せっせと　みつを　運《はこ》びに来る。

おばさんが　教《おし》えてくれた。

「ムクの　好きな　はちみつはねえ、あの　可愛い　ミツバチさんが少しずつ　集めた　ものなのよ。みつだけじゃなくて、花粉《かふん》もね。

ほら、くるくるっと　上手《じょうず》に　丸めて　両脇《りょうわき》に　抱《かか》えて帰って行くでしょう。本当《ほんとう》に　貴重《きちょう》な　ものを　私達《わたしたち》は　いただいてるの」

そんな　ある日、山間の　小川へ　テッちゃんと　川遊びに　出かけてみた。暑《あつ》い　日差《ひざ》しが　川面《かわも》を　きらきらと　照《て》らし出して、ひときわ　暑さを　感じさせる　午後《ごご》。頭を　流れの　中に　つっこむような　形で、息も　絶《た》え絶《だ》えになった　老犬《ろうけん》が、たおれていた。

ぼくは、はっとして、その　老犬に　近づいて行った。

「お母さん？」
力なく　ふり返った　老犬！
それは　まぎれもなく　ぼくが　探《さが》し求《もと》めていた　お母さんだった。
お母さんは、何か　言いたげだけれど　言葉にならない　ようすなので、ぼくは　あせった。
早く　何とかしなければ……。
「お母さん、どうしたの？　ずっと　探してたんだよ。やっと　会えたんじゃないか！」
「……」
「お母さん、ぼくは　今、とっても　幸《しあわ》せなんだよ」
それでも、ちらりと　見せた　うれしげな　ようすは、
たぶん　我《わ》が子と　わかって、あの時、別れ別れになった
訳《わけ》を　教《おし》えたかったのかも知れない。
けれど　幸せと　きいて　安心《あんしん》したのでしょうか、

大きく　うなずいて、

〝ゴックン〟

と一つ　老体《ろうたい》を　ゆすったかと思うと、しずかに　目を　閉《と》じた。

「お母さーん」

呼べど、叫《さけ》べど、お母さんは　もう　二度と　目を　開けることは　なかった。

「ぼくは、ちょっとだけでも　いいから、お母さんと　一緒《いっしょ》に　天国《てんごく》のような今の　幸せな　日々《ひび》を　暮《く》らしてみたかったのに……」

ムクは、かなしげな　遠吠《とおぼ》えを　くり返して、いつまでも　いつまでも、その場を　動こうとは　しなかった。
母犬《ははいぬ》と　別《わか》れた　あの日……。
雨《あめ》あがりの　山道から、足を　すべらせて　小川の　流水《りゅうすい》の　中へ　落ちてしまったのだ。
そして　流れついたのが、あの　ドラム缶を　置いてある　がけの下だったのだ。
幸《さいわ》いなことに　草むらの　中に　打ち上げられて　ムクは　命《いのち》びろいを　した
のだった。

あとがき

ムクは本当に頭のいい犬でした。まわりの人たちは、
「ほんまに賢い犬やなあ」とお世辞ではなく感心していました。
三十年経た今、尚忘れられなくて、書き留めていた日記をもとに綴ってみました。
もし、ムクが話せたら、たぶんこんなふうに喋ったのではと思うのです。

二〇〇二年十月吉日

ひがし やすこ

水の流れに身をまかせ
たどりついたの、この丘に
命びろいは、したけれど
やっぱり寂しい夜がくる

あかね雲、川面にゆれる散歩道
　あの日のムクに馳せる思いで

著者プロフィール
ひがし やすこ

1933年　徳島県生まれ
1949年　渡辺商業専修学校卒業
1983年　明治生命保険相互会社入社
1994年　定年退職

ムクのひとりごと

2003年1月10日　初版第1刷発行
2003年2月20日　初版第2刷発行

著　者　ひがし やすこ
発行者　瓜谷 綱延
発行所　株式会社文芸社
〒160-0022　東京都新宿区新宿1-10-1
電話　03-5369-3060（編集）
03-5369-2299（販売）
振替　00190-8-728265

印刷所　東銀座印刷出版株式会社

ISBN4-8355-4997-X C8093